恐怖のなぞが解けるとき
3分後にゾッとするラスト
やっと会えたね

やっと会えたね

恐怖のなぞが解けるとき　3分後にゾッとするラスト

やっと会えたね

「春休みの間に、部屋を片《かた》づけなさい。いつまでも子どもの気分でいないで。四月になったら高校生でしょう」

母にそう言われて、ボクはしぶしぶ部屋を片《かた》づけはじめた。

ばさり

本棚《ほんだな》から一冊の本が落ちてきた。

その本は、まるで水に濡《ぬ》れて、そのまま乾《かわ》かしたようだった。

ゴワゴワして、ページが波打っている。もしかして、雨漏《あまも》り？

天井《てんじょう》には跡《あと》はなく、他の本には、変わった様子はない。

ボクは、自分で買った本は全部覚えているが、この表紙には見覚えがなかった。

『たんぽぽのお酒』

図書館の印が無いから、誰《だれ》かに借りたのだろうか？

借りたとしたら、友だちからだ。

四月になると、別々の学校になり、会えなくなる友だちも大勢《おおぜい》いる。
借りものなら、春休みのうちに返さなくちゃ。
でも、この本の状態《じょうたい》はよくない。
新しい本を買って返した方がいいかもしれない。
ボクは、本の裏《うら》表紙を開いた。
イニシャルと小さなイラストが描《か》いてあった。
「あっ！　これMの本だ」
ボクとMは、中学で二年まで同じクラスだった。
男子と女子だったけれど、二人とも読書好き。
一人っ子で引っ込《こ》み思案《じあん》だったボクは、自分と正反対の性格《せいかく》のMに、憧《あこが》れていた。
他の女子に聞いた話だと、
Mの家は弟、妹が多く、Mは母親の代《か》わりに家事をやることも多いそうだ。

お弁当《べんとう》も自分でつくっていた。
Mはとても忙《いそが》しそうなのに、
ボクがよく知らないジャンルの本のことも、よく知っていた。
「忙《いそが》しそうなのに、いつ本を読んでるの?」
当時、ボクがそう尋《たず》ねると、Mは言った。
「すき間の時間って意外にあるの。時間ってさ、不思議だよね」
きっとこの本も、ボクが読んでみたいと言って、Mから借りたものなのだろう。
でも、いったい、いつ・・・。
思い出せない。
Mとは、いつも学校で話すだけだった。
三年生で違《ちが》うクラスになり、以前のように親しく話すことはなくなってしまった。
何回か、Mのクラスを覗《のぞ》いてみたこともあるが、タイミングが悪く、いつもMはいなかった。

「Mと連絡《れんらく》が取れるクラスメイトは・・・」

ボクはスマホで、片《かた》っ端《ぱし》から電話をかけた。

誰《だれ》もMの携帯《けいたい》電話番号を知らなかった。

「そもそもMは携帯《けいたい》持ってないよ」

三年生のときにMと同じクラスだった女子が教えてくれた。

「卒業式のときも元気がなくて、遠くに引っ越《こ》しするみたいなことを言っていたよ。

家は、境橋《さかいばし》の近くだったけど・・・」

「ありがとう」

ボクは電話を切り、家を飛び出した。

境橋《さかいばし》の近くだということしかわからないのに、なぜか走っていた。

Mはもう、引っ越《こ》してしまったのだろうか。

卒業式で、なぜ、ボクはMに話しかけなかったのだろう。
春の夕暮《ゆうぐ》れが迫《せま》る。
境橋《さかいばし》の近くには桜《さくら》が咲《さ》いている。
橋の上の空は灰色《はいいろ》に曇《くも》っていた。

さらさら

微《かす》かな音をたてて、灰色《はいいろ》の空から細かい雨が落ちてきて、あたりを煙《けむ》らせた。
橋のたもとにMが立っていた。
雨はスクリーンのように、Mとボクの間を隔《へだ》てていた。
桜《さくら》の花びらが舞《ま》っている。
「やっと会えたね」
Mのささやきが聞えた。
そして、彼女《かのじょ》の姿《すがた》は雨といっしょに消えた。

やっと会えたね

やっと会えたね

本を通しての心の交流で、知らない間にたいせつな友人になっていたのでしょう。

意識《いしき》をしていない分、環境《かんきょう》が変わるといつしか途絶《とだ》えてしまうことも・・・。

お互《たが》いがどのような友人だったのかをわかったとしても、もう二度と会えないこともあります。本棚《ほんだな》から出てきた本は、Mからの最後の贈《おく》り物《もの》だったのかもしれません。

すれ違《ちが》い

塾《じゅく》の夏期講習《こうしゅう》が終わり、ビルの外に出ると、たちまち汗《あせ》だくになった。
降《ふ》るようなセミの声が、アスファルトの道に響《ひび》いて、
暑い夏の日ざしをもっと暑くしてるようだ。
汗《あせ》をふこうとカバンの中のハンカチに手を伸《の》ばしたそのとき。
ぶぶぶ
カバンの中で着信の振動《しんどう》がした。
「これから会えないか？」
友だちからのメールだ。
友だちは部活の練習で、学校にいるはずだけど。
「いいよ。どこで待ち合わせる？」
そう返信したけど、塾《じゅく》から学校までは、五分もかからない。
友だちの返信を待たず、ボクは、自転車で学校へ向かった。

大通りを渡《わた》れば、学校は目の前だ。

校門が見える。

信号待ちをしていると、また携帯《けいたい》が振動《しんどう》した。

友だちからのメールだ。

「校門にいる」

え？

校門なら友だちの姿《すがた》が見えるはずだ。

白っぽい光が反射《はんしゃ》している校門に、友だちの姿《すがた》は見えなかった。

「裏門《うら》のことかな？」

裏《うら》門なら反対側になる。

信号を渡《わた》り、学校の塀《へい》に沿《そ》って自転車を走らせればいい。

信号が青に変わる。

ペダルに足をかけ再《ふたた》び漕《こ》ぎ出そうとしたとき、けたたましいサイレンを鳴らした救急車が、二つ先の交差点を曲がって、こちらに近づいて来るのが見えた。サイレンは聞えていたはずなのに、突然《とつぜん》あらわれたみたいで、胸《むね》がドキドキした。

目の前を走り去るのを見送り、信号を渡《わた》る。

学校の塀《へい》に沿《そ》って裏《うら》門を目指す。

周囲に気を配ってゆっくり走っていたが、友だちとは会えなかった。

「逆《ぎゃく》に回ったのかな?」

普段《ふだん》、歩いている道順を変えるとは思えない。

でも会えなかったのだからそう考える方が自然だ。

裏《うら》門で自転車を止め、念のため、友だちに電話する。

呼《よ》び出し音に続き、電話が繋《つな》がった。

友だちの声を聞かずに、ボクは早口で告げた。

「ごめん、すれ違《ちが》いだ。ボクは裏《うら》門にいる。今、どこにいる?」

聞えてきたのは、メールと同じ文章を棒《ぼう》読みしたような、抑揚《よくよう》のない変な声だった。

「校門にいる」

「そこにいてよ。すぐ行くから」

来たときと同じ道を戻《もど》る。

横断《おうだん》歩道と信号が見えてきた。

校門までは、横断《おうだん》歩道からゆるい上り坂で、五十メートルくらいだ。

もうすぐ友だちの姿《すがた》が見えるだろう。

部活帰りの生徒が数人、信号が変わるのを待っていた。

友だちの姿《すがた》はない。

聞いてみようかと思ったが、知らない生徒なのでやめた。

坂を上って、校門まで行く。そこにも友だちはいなかった。
校門と裏門《うら》との往復《おうふく》と暑さのせいで、少し腹《はら》がたってきた。
ボクは、もう一度友だちに電話をかけた。
呼《よ》び出し音。
がちゃ
電話が繋《つな》がる。
「あのさ」
ボクは文句《もんく》を言おうとした。
でも、その前に電話からは、聞き覚えのない声が流れた。
「もういません」
校庭には陽炎《かげろう》が揺《ゆ》れている。
暑いはずなのに、背中《せなか》に冷たいものが走った。

すれ違《ちが》い

現代《げんだい》ではさまざまな通信手段《しゅだん》があります。

友だちが約束《やくそく》の時間にやってこない場合も、電話やメールで「今、どこにいて、どんな状況《じょうきょう》なのか」を確認《かくにん》することができます。

携帯《けいたい》電話が広く一般《いっぱん》に使われるようになる前は、簡単《かんたん》に連《れん》絡《らく》を取る方法は少なかったので、すれ違《ちが》いのまま、会えないこともあったそうです。

そんな現代《げんだい》でも偶然《ぐうぜん》が重《かさ》なり、すれ違《ちが》いが起こることはあるでしょう。

ただの偶《ぐう》然《ぜん》であれば・・・。

片方《かたほう》だけのサンダル

毎年お盆《ぼん》の時期になると、町から親戚《しんせき》が帰ってくる。
お盆《ぼん》の前日にはみんなでお墓《はか》にお参《まい》りするのが習慣《しゅうかん》だった。
今では地域《ちいき》の公園墓地《ぼち》を利用しているが、もう一つ昔からのお墓《はか》がある。
そこは、田畑を見下ろす小高い丘《おか》の斜面《しゃめん》にあった。
家からはうっそうとした林の中の山道を歩いて行かなければならなかったため、
小さい頃《ころ》は、お墓《はか》に行くのが怖《こわ》かった。
そこはとても古い土葬《どそう》のお墓《はか》だ。
墓石《ぼせき》は一つだけで、その周りを取り囲むように、
丸く盛《も》り上がった複数《ふくすう》の土の山がある。
そこにはご先祖《せんぞ》様が眠《ねむ》っているから、踏《ふ》んではいけないと、教えられていた。
怖《こわ》かったのは、そのせいかもしれない。
今年は、久《ひさ》しぶりに大勢《おおぜい》の親戚《しんせき》が帰省した。広い家が狭《せま》く感じるくらいだった。

玄関《げんかん》には、靴箱《くつばこ》に入りきらない靴《くつ》がたくさん並《なら》んだ。

「あなたたちはお客さんじゃないんだから、

気がついたら、玄関《げんかん》や廊下《ろうか》をきれいに片《かた》づけてね」

わたしと弟は、親戚《しんせき》が来ている間、母の言いつけを守っている。

お手伝いをするとみんなが帰った後で、お小遣《こづか》いが貰《もら》えるからだ。

お墓参《はかまい》りのときも、お花や線香《せんこう》の用意を手伝う。

退屈《たいくつ》になってぐずる小さい子たちの世話もした。

「つまらない。もうイヤ」

お墓《はか》を掃除《そうじ》しているとき、五歳《さい》のいとこが、土の山の上にべったりと座《すわ》り込《こ》んだ。

「もう少しで終わるからね」

いとこのお母さんが、なだめるが、

いとこはぐずり続け、手足をバタバタさせた。

わたしは思わず声をかけた。

「お姉ちゃんといっしょに先に帰ろうか」

「うん。おんぶしてね」

わたしは、いとこをおんぶしたまま家まで帰った。

その翌日《よくじつ》、朝早く目が覚《さ》めて、階段《かいだん》を降《お》りて行くと、玄関《げんかん》に泥《どろ》で汚《よご》れた小さなサンダルが、片方《かたほう》だけ転《ころ》がっているのが目に留《と》まった。

そしてそこから、カビ臭《くさ》いイヤなにおいが玄関《げんかん》に漂《ただよ》っていた。

「うわ、掃除《そうじ》しなきゃ」

サンダルをつまむように外に出し、箒《ほうき》で泥《どろ》を掃《は》き出す。

イヤなにおいは、消臭剤《しょうしゅうざい》を撒《ま》いても、しばらく玄関《げんかん》に漂《ただよ》っていた。

外にある水道まで、サンダルをつまんで持って行ったが、わたしは迷《まよ》っていた。

洗《あら》った方がいいけど、なぜか泥《どろ》に触《さわ》りたくない。

そんなことを考えていると、家の中が騒《さわ》がしくなりはじめた。

「早く病院に。車出して」

叔父《おじ》さんが玄関《げんかん》を飛び出し、車庫に走る。

母や叔母《おば》さんたちが、玄関《げんかん》先に集まっている。

その中で、いとこが真っ赤な顔で、ぐったりしていた。

昨日《きのう》、わたしが背負《せお》ってあげた子だ。

大騒《おおさわ》ぎの中、いとこを乗せた車は病院に向かった。

「明け方、急に熱を出したようなのよ」

庭に出てきた祖母《そぼ》が心配そうに言った。

次の瞬間《しゅんかん》、泥《どろ》のついたサンダルを見て、祖母《そぼ》は顔色を変えた。

「これ、どこにあったの」

祖母《そぼ》が強い口調で尋《たず》ねた。

わたしは、玄関《げんかん》にあったこと、表に持って行って、玄関《げんかん》を掃除《そうじ》したことなどを話した。

祖母《そぼ》は物置から鎌《かま》を持ってくると、サンダルのベルトを断《た》ち切った。

「誰《だれ》か塩を持ってきて」

祖母《そぼ》の大声に、母が急いで台所から塩壺《つぼ》を抱《かか》えてくる。

「泥《どろ》に触《さわ》んなよ」

祖母《そぼ》はサンダルに塩をかけた。

「これで大丈夫《だいじょうぶ》だ」

昨日《きのう》、家に帰ってきたとき、いとこが履《は》いていたはずのサンダルの片方《かたほう》が
どこにも見当たらなかったことを思い出した。

いとこの熱は病院に着く前に、下がったそうだ。

片《かた》方《ほう》だけのサンダル

葬儀《そうぎ》の方法は時代とともに変わっていきました。現代《げんだい》の日本はほとんど「火葬《かそう》」になっていますが、昔の日本では、棺《ひつぎ》を土に埋《う》める「土葬《どそう》」が多かったのです。

死者を墓地《ぼち》まで送ることを「野辺送《のべおく》り」と言います。昔はその際《さい》、参列者に新しい草履《ぞうり》が渡《わた》されたそうです。それを履《は》いて墓地《ぼち》に行きます。葬儀《そうぎ》が終わると参列者は、そこまで履《は》いてきた草履《ぞうり》を脱《ぬ》いで鼻緒《はなお》を切って、自分の草履《ぞうり》に履《は》き替《か》えて家に戻《もど》ったそうです。

野辺送《のべおく》りに使った履《は》き物には、墓地《ぼち》に棲《す》みついている死霊《しりょう》や魔物《まもの》が取《と》り憑《つ》くと考えられていたようです。墓地《ぼち》に落としてきてしまったサンダルの片方《かたほう》を履《は》いてきたのは・・・？

屋《や》敷《しき》神《がみ》

小学生の頃《ころ》、夏休みになると父の田舎《いなか》によく遊びに行った。
都会からは、急行電車で一時間ちょっとなのに、
田んぼや畑が広がっていた。
田舎《いなか》には、わたしより少し年上のいとこがいた。頼《たよ》りになるお兄ちゃん的存在《そんざい》で、
わたしはいつも、いとこの後にくっついていた。
田舎《いなか》の家の庭には小さな祠《ほこら》があった。
「屋敷神《やしきがみ》」だと、祖母《そぼ》が教えてくれた。
毎朝、祠《ほこら》の周りを掃除《そうじ》するのは祖母《そぼ》で、野菜などを
「神様にも」と言いながら、お供《そな》えしていた。
ある日、祖母《そぼ》が子どもたちのおやつにと、台所で冷《ひ》やしたすいかを切り分けていた。
みんなのお皿に盛《も》る前に、神様の分を小さいお皿に載《の》せた。
「わたしがあげてもいい？」

そう言うと、祖母《そぼ》は目を細めて喜んだ。

「あげておくれ。神様も喜ぶから」

それから、わたしもときどき、祠《ほこら》の掃除《そうじ》をするようになった。

田舎《いなか》から帰る前の日のこと。

「暗くなったら庭で花火をしよう」

そう言うと、いとこは花火を買いに出かけた。

わたしは、暗くなりかけた庭に出て時間をつぶしていた。

ふと祠《ほこら》を見ると、扉《とびら》に白いトカゲが張《は》りついていた。

きゃっ

爬《は》虫類《ちゅうるい》が苦手《にがて》なわたしは、思わず声をあげた。

「どうしたの?」

縁側《えんがわ》にいた祖母《そぼ》が尋《たず》ねた。

「白いトカゲが」

祠《ほこら》を指さす。

祖母《そぼ》はそれを見て笑った。

「なんだ。ヤモリだね」

悪い虫を食べてくれる。

祖母《そぼ》はそう説明してくれた。

それからだいぶ年月が経《た》ち、わたしは今年、高校生になる。

父の田舎《いなか》へは、ここ数年間行くことがなかった。

そんなある日、突然《とつぜん》祖母《そぼ》から母に電話があった。

電話を切ってから、母がわたしに言った。

「今度の日曜、あなたに来てもらいたいんだって」

「えー、急すぎるよ。予定もあるし・・・」

「そんなこと言わないで行きなさい。おばあちゃんのお願いなんだから」
わたしは母に強く言われて、出かけることになった。
「この辺、すごく変わっただろう」
駅まで車で迎《むか》えに来てくれたいとこが、ハンドルを握《にぎ》りながら言った。
いとこの言葉通り、数年ぶりに訪《おとず》れた祖母《そぼ》の住む町は、
駅前の風景がすっかり変わっていた。
二十分ほど走ると車は、祖母《そぼ》の家の庭先に入った。
家は昔と変わらないように見えた。
どっしり重そうな瓦《かわら》屋根。
庭先にある小さな屋敷神《やしきがみ》の祠《ほこら》。
その前に小さな祖母《そぼ》が、ちょこんとたたずんでいた。
車を降《お》りて、祖母《そぼ》に近づく。

「よく来たね。こちらにおいで」

近づくと、祖母《そぼ》は昔と同じように、わたしの肩《かた》をやさしく抱《だ》いた。

薬草と線香《せんこう》の混《ま》ざった匂《にお》いがする。

懐《なつ》かしい祖母《そぼ》の匂《にお》いだ。

「来てくれて、ありがとうね」

目の端《はし》に何か蠢《うごめ》くものが見えた。

祠《ほこら》に白いヤモリが張《は》りついていた。

背中《せなか》がぞくぞくした。

祖母《そぼ》はしっかりわたしを抱《だ》きしめたまま、ぶつぶつ何かを唱《とな》えている。

頭がくらくらして、動くことができない。

「屋敷神《やしきがみ》　ゆずりましたよ」

祖母《そぼ》が亡《な》くなったのは、それからすぐのことだ。

屋敷神《やしきがみ》

古い家の庭先や敷地《しきち》の中に祀《まつ》られている神のことを「屋敷神《やしきがみ》」と言います。

その家に住む一家を守る存在《そんざい》として祀《まつ》られていますが、由来は家ごとに違《ちが》っていて、どんな神様なのか、はっきりわからないことが多いそうです。

家を代々守ってくれる屋敷神《やしきがみ》は、女性《じょせい》だけが受け継《つ》いでいく神だとも言われ、民俗学《みんぞくがく》の研究でも取り上げられています。

霊《れい》って、何だろう？

幽霊《ゆうれい》、霊現象《れいげんしょう》、動物霊《れい》など、怖《こわ》い話には、「霊《れい》」という言葉が多く登場します。

では、霊《れい》とは何でしょうか?

インターネットなどで検索《けんさく》すると、古くから人間が考えてきた大きな疑問《ぎもん》に対して、導《みちび》き出した答えの一つのようです。

その大きな疑問《ぎもん》とは、

「人間は死んだらどこへ行くのか?」

肉体は死によって、やがて消え、土に還《かえ》ります。それは人間だけでなく、命を持つものすべてに定められている理《ことわり》です。

しかし人間は次の疑問《ぎもん》を持ちました。

「自分が考えていたことや、感じていたことは、自分の死後、体と同様に消えてしまうのか?」

古代の人たちは、人間の力の及《およ》ばない自然や気象の中に「大きく神秘的《しんぴてき》な力」の働きを感じていたそうです。

人間は自然に比《くら》べ、小さな存在《そんざい》ですが、人間の中にも「小さいが神秘的《しんぴてき》な力」があると考えたのかもしれません。

「人間の構成《こうせい》は、物質的《ぶっしつてき》な肉体と精神的《せいしんてき》な霊体《れいたい》から成《な》っている。だから肉体が無くなったとしても霊体《れいたい》は残る可能性《せい》がある」

これは古代ギリシアの考え方です。

不思議なことに、この考え方は国や人種、宗教《しゅうきょう》を超《こ》えて、古代世界のほとんどの地域《ちいき》で発生しました。古代世界で考えられていた霊《れい》については、それぞれ独特《どくとく》で難《むずか》しい点も多く、簡単《かんたん》には説明できませんが、代表的な例をかいつまんで紹介《しょうかい》します。

【古代エジプト】 人間の霊《れい》は五つの要素《ようそ》から成《な》り立っています。死後も五つの霊《れい》が、決まり通りに整っていれば、死後の世界で「第二の生」を生きることができると考えられていました。古代エジプトのミイラはその考えをもとにつくられたとされています。

【古代中国】 人間の霊《れい》は「魂《こん》」と「魄《はく》」の二つに分かれています。魂《たましい》は夢《ゆめ》を見たり、強く思うことがある場合などには、生きている人からも、しばしば抜《ぬ》け出すと考えられていました。魂魄《こんぱく》は、後に陰陽思想《おんみょうしそう》(万物《ばんぶつ》の変化はすべて陰《いん》と陽《よう》の互《たが》いに対立する二つの気によって起こるとする考え方)によって、魂《こん》は陽《よう》、魄《はく》は陰《いん》と考えられ、死後、陽《よう》の魂《こん》は天に上り、陰《いん》の魄《はく》は地に留《た》まります。道教の考え方によれば、魂魄《こんぱく》は死後も消滅《しょうめつ》せず、子孫《しそん》が祀《まつ》ることにより、子孫《しそん》を見守る存在《そんざい》として生き続けるとされています。

【古代インド】「輪廻転生《りんねてんしょう》」により、命あるものは、何度でもこの世に生まれ変わると考えられていました。人間に生まれ変わるだけでなく、動物を含《ふく》めた生類《しょうるい》に成《な》ることもあるようです。

霊魂《れいこん》に関する考え方は、その後、それぞれの国で、さまざまな哲学《てつがく》や宗教《しゅうきょう》として発展《はってん》していきます。

古代日本には、森羅万象《しんらばんしょう》に霊《れい》が宿《やど》っているという考え方がありました。巨石《きょせき》や山のような大きいもの、古いもの、長く生きているものには、とりわけ大きな力があると考えられていたようです。そのため古神道《こしんとう》は、現代《げんだい》の神社のような本殿《ほんでん》は持たず、山や岩、巨木《きょぼく》などを神としていたそうです。

黄《よ》泉《み》の村

わたしの住んでいる町は、山間にある。

高校一年の夏の終わり、スポーツタイプの自転車を買ってもらった。

これで休日に、峠《とうげ》を一つ越《こ》えた町まで買い物に行くのも、バスを待たずに済《す》む。

幼《おさな》なじみのSとKは、わたしより先にスポーツタイプの自転車に乗っていた。

「初心者のうちは危《あぶ》ないから、遊びに行くときはついていってあげるよ」

「じゃあ最初はダム湖に行ってみたい」

小学生の頃《ころ》、遠足で行った場所だった。

「今度の日曜日、天気が良ければ行こう」

わたしたち三人は、晴れた初秋の空の下、ダム湖を目指した。

まだ紅葉《こうよう》には早い季節なので、駐車場《ちゅうしゃじょう》は空《あ》いていた。

駐輪場《ちゅうりんじょう》に自転車を置いて、ダム湖を望むベンチに座《すわ》り、休憩《きゅうけい》することにした。

Kが言った。

「ネットで見たんだけどさ、この近くに廃村《はいそん》があるんだよね。知ってる?」

「ほんとうに? そんな噂《うわさ》、町でも聞いたことないよ」

Kがスマホの画面を見せた。目の前のダム湖とそっくりな風景が映《うつ》っている。

Sが道を見つけた。

「道あるね。行ってみる?」

わたしたちはお昼を食べて、歩いて山に向かう道に入った。

舗装《ほそう》されていない細道で、轍《わだち》がある。

ほどなく開けた場所に出た。

山側にお地蔵様《じぞうさま》が六体並《なら》んでいる。

赤い前掛《か》けが新しい。きれいなお花も備《そな》えてある。

「お地蔵様《じぞうさま》の横の道を入るらしいよ」

お地蔵様《じぞうさま》に手を合わせて、三人で横道に入った。

ぱんっぱぱん

遠くで弾《はじ》けるような音が聞えている。

体育祭や催《もよお》し物《もの》があるときに聞える空砲《くうほう》花火の音みたいだった。

数メートルも行かないうちに、道の両側に石を積んで土留《つちど》めした畑が見えてきた。

道より高くなっている畑で、男の人が土を耕《たがや》していた。

「お前たち、どこから来た」

ふいに呼《よ》び止められて、どっきりする。

横の家から出てきたらしいおばあさんが立っていた。

「このあたりに・・・」

「廃村《はいそん》」と言いかけたKを、Sが肘鉄《ひじてつ》して止めた。

「ダム湖の方から、景色がいいので上ってきました。村があったんですね」

おばあさんはうなずくと、わたしたちを手で招《まね》いた。

「こっち、おいで」

赤い花が庭先に咲《さ》いていた。

家は茅葺《かやぶき》で土の壁《かべ》だ。古い家。

「お茶でも飲むかい」

縁側《えんがわ》に三人で並《なら》んで座《すわ》る。

ぱんっぱん
弾《はじ》けるような音がまた聞えた。

「祭りの合図だ」

おばあさんが湯飲み茶碗《ちゃわん》をわたしたちの横に置くと目を細めて言った。

「祭りは宵《よい》にはじまる。女の子は珍《めずら》しいから、喜ばれるぞ。

お茶を飲んでゆっくりしていけ。今、お菓子《かし》を持ってくるから」

そう言うとお盆《ぼん》を持って、おばあさんは家の中に引っ込《こ》んだ。

生ぬるい湯飲み茶碗《ちゃわん》を持って迷《まよ》っていると、Sがささやいた。
「何か変だよ。お茶を飲んだふりして、庭にこぼそう。そして逃《に》げよう」
わたしたちは縁《えん》の下にお茶をこぼした。
Kとわたしは、先に庭から道に出た。
Sが家の中に向かって大声で言った。
「お茶、ごちそうさまでした。ボクら、もう少し村の中を見てきます」
おばあさんの返事を待たずに、もと来た道を大急ぎで引き返す。
畑にいた男の人が何か大声で言っていたが、止まらず走る。
後ろから何かが追いかけてくる気配《けはい》がする。ねっとりとした視線《しせん》が絡《から》みつくようだ。
お地蔵様《じぞうさま》の前を通り過《す》ぎると、その気配《けはい》は消えた。
そのまま駐輪場《ちゅうりんじょう》まで一気に走った。
周囲は、真っ暗だった。

黄泉《よみ》の村

お地蔵様《じぞうさま》のある場所までが、現実《げんじつ》の世界だったのかもしれません。

あり得《え》ない場所を訪《おとず》れたときに、その場所の物を飲み食いすると、現実《げんじつ》の世界に戻《もど》れなくなるという伝承《でんしょう》は、世界の神話の中でも多く語られています。

日本では「黄泉竈食《よもつへぐい》」と呼《よ》ばれています。

もし、お茶を飲んでいたら・・・。

神《かみ》隠《かく》し

二学期の途中《とちゅう》から、わたしたちの学校に若い男の先生が赴任《ふにん》してきた。

話題が豊富《ほうふ》で、授業《じゅぎょう》も楽しく、すぐに、その先生は人気者になった。

休み時間や放課後には、友だちみたいに気軽に話すことも多かった。

「先生。休みの日は何してるんですか?」

「自転車で近所を走ってるよ」

先生は、他の先生たちのように自動車ではなく、
スポーツタイプの自転車で通勤《つうきん》していた。

「そういえば不思議な話があるんです」

友だちがわたしの顔を見て、ニヤニヤしながら言った。

「二か月前にダム湖に行って不思議な場所に迷《まよ》い込《こ》んだ三人がいて、
そこでおばあさんの妖怪《ようかい》に遭遇《そうぐう》したらしいんです」

友だちの話には、かなり変な尾《お》ひれがついていた。

少し離《はな》れた場所で聞いていたSが、口を開いた。

「ボクらが出会ったのは妖怪《ようかい》じゃなくて、消えた村に残る亡霊《ぼうれい》みたいなものだと思うんです」

「三人が経験《けいけん》している点が、興味《きょうみ》深いね」

それからしばらくした十一月の連休前、先生からダム湖に行こうと提案《ていあん》された。

メンバーはS、K、わたしと先生。

「不思議なことを検証《けんしょう》するなら、できるだけ同じ条件《じょうけん》の方がいいんだ」

紅葉《こうよう》シーズンには、県外からの観光客も多い。

ダム湖の駐車場《ちゅうしゃじょう》は、二か月前とは打って変わって、車がたくさん停まっている。

大型バイクで来ている人もいて、駐輪場《ちゅうりんじょう》もスペースがないくらいだった。

わたしたちはSを先頭に一列で、細い道に入った。

舗装《ほそう》されていない轍《わだち》の残る道。
二か月前と変わっていない。
あの村はまた出現《しゅつげん》するのだろうか。
緊張《きんちょう》で胸《むね》がドキドキした。
お地蔵様《じぞうさま》が六体並《なら》んでいる場所に出た。
「あっ！」
お地蔵様《じぞうさま》の前でわたしたち三人は一斉《いっせい》に叫《さけ》んだ。
お地蔵様《じぞうさま》の赤い前掛《か》けは色あせて、ボロボロになっていた。
本体も長い間、風雨に晒《さら》されたように、ところどころ欠けていた。
「たった二か月で、こんなになるか？」
Kがつぶやいた。
ぱんっぱぱん

あのときと同じように花火の音が、周囲の山にこだました。

先生はじっとその音に耳をすませている。

それは、まるでわたしたちを待ち受けているように響《ひび》き渡《わた》った。

「先生！　帰ろう。やっぱり変だ」

Sが叫《さけ》んだ。

「お地蔵様《じぞうさま》の横を入るんだったな」

先生は静かに言うと、足を進めた。

「先生、ダメだって」

SとKが、先生の上着を引っぱる。

先生は無言で、二人の手を払《はら》い、振《ふ》り向くと、わたしに言った。

「さあ、行こう。お祭りじゃないか。女の子は珍《めずら》しいから、喜ばれるぞ」

わたしは頭から水を被《かぶ》ったように、ゾッとした。

膝《ひざ》がガクガク震《ふる》え、その場に崩《くず》れそうになる。

SとKがもう一度叫《さけ》んだ。

「先生！　戻《もど》って！」

先生はげらげら笑いながら、わたしたちに背《せ》を向け、先に進んでいく。

連休が明けても、学校に先生の姿《すがた》はなかった。

神《かみ》隠《かく》し

柳田國男《やなぎたくにお》の『遠野物語』に『マヨイガ』というお話があります。

不思議な家についての伝承《でんしょう》です。

山の中にあるそれを見つけた人が、家の中から何かを持ち帰ると、幸福がもたらされると言われています。

その一方で、山には人が近づいてはいけない場所や、時期があるのだとの言い伝えも、日本各地に多く残されています。

旧《きゅう》校《こう》舎《しゃ》の記《き》憶《おく》

通学していた小学校が、統合《とうごう》されることになり、廃校《はいこう》が決まったそうだ。
卒業してから六年後の同窓会《どうそうかい》で、そう聞いた。
「取り壊《こわ》しになるの？」
「リフォームして、町の施設《しせつ》にするらしいよ。
ボクたちが通ってた頃《ころ》も、旧校舎《きゅうこうしゃ》は歴史的建造物《けんぞうぶつ》とか言われてたじゃない」
「そういえば、旧校舎《きゅうこうしゃ》で肝試《きもだめ》しをやったことがあるよね。覚えてる？」
小学六年。最後の夏休み。
学校での宿泊授業《しゅくはくじゅぎょう》をした最後の晩《ばん》のレクリエーションは、
みんなのリクエストで、旧校舎《きゅうこうしゃ》での肝試《きもだめ》しになった。
旧校舎《きゅうこうしゃ》は木造《もくぞう》二階建《だ》て。エの字を横にしたような形で中央に時計台がある。
校舎《こうしゃ》の端《はし》から端《はし》まで、長い廊下《ろうか》が一直線に延《の》びていた。
木の廊下《ろうか》は、掃除《そうじ》が行き届《とど》いてキレイだったが、歩くとギシギシと音がした。

夕食を済《す》ませたボクたちは、旧校舎《きゅうこうしゃ》の一方の端《はし》に集まった。

先生から名前を呼《よ》ばれた二人で、ペアを組んだ。

学年全部を合わせても二クラスしかないにもかかわらず、日頃《ひごろ》話したことがない子とペアになった組が多く、廊下中《ろうかじゅう》がざわざわしていた。

ボクも、話をしたことがない女の子とペアになり、戸惑《とまど》った。

「よろしくね」

とりあえず挨拶《あいさつ》をする。その女の子も困《こま》ったような顔でぺこりと頭を下げた。

「さあ、もうおしゃべりはやめて」

先生が二人に一つ懐中電灯《かいちゅうでんとう》を配りながら、コースの説明をした。

「ここから階段《かいだん》を上り、二階の理科室に置いてあるカードを一枚《まい》取って、向こう側の階段《かいだん》で一階に下りたらゴールだ。中央階段《かいだん》は使わないように」

階段《かいだん》は両端《はし》と中央にある。中央の階段《かいだん》は時計台まで延《の》びているため、二階より上には上れないよう、鎖《くさり》で通行止めになっていた。
廊《ろう》下《か》の反対側に小さい明かりが、ぽつんと灯《とも》っている。そこがゴールだそうだ。
先生の合図で廊《ろう》下《か》の照明が非常灯《ひじょうとう》を残して一斉《いっせい》に消えた。
明かりの消えた廊《ろう》下《か》は急に雰囲気《ふんいき》が変わった。
先生の指示《しじ》で、間を開けて一組ずつ出発する。
コツンコツン
階段《かいだん》を上る足音が暗い廊《ろう》下《か》に響《ひび》いて消えた。
ボクたちの番がきた。
二階に上ると、真っ暗なトンネルの中に、二人だけが取り残されているように感じた。
「意外と怖《こわ》いね」
ボクがつぶやくと、女の子はくちびるに指を当てた。おしゃべりはダメだった。
ぎしぎし

一歩一歩、ボクが足を踏《ふ》み出すと廊下《ろうか》が音をたてた。
理科室のあたりに、懐中電灯《かいちゅうでんとう》の光がチラッと見えた。
ボクは隣《となり》を歩く女の子を見た。
女の子はうつむきながら、静かに歩いている。彼女《かのじょ》が歩くと廊下《ろうか》は音がしない。
ボクは段々《だんだん》、この静けさに耐《た》えられなくなっていた。
両脇《りょうわき》の空《あ》き教室から、誰《だれ》かがボクらをじっと見ているような気がする。
いろいろな噂《うわさ》話が、頭の中に浮《う》かんだ。
日《ひ》が暮《く》れてから、旧校舎《きゅうこうしゃ》に忘《わす》れ物《もの》を取りに戻《もど》った生徒が、
子どもの霊《れい》に追いかけられた。
中央階段《かいだん》では、白い影《かげ》が見下ろしているそうだ。
急に背中《せなか》がゾクゾクしてきた。
理科室までは、あと二教室と中央階段《かいだん》を通り過《す》ぎなくてはならない。

急に心細くなる。いっしょに歩いている女の子も、ほんとうは怖《こわ》いのかもしれない。

ボクは立ち止り、女の子の方に懐中電灯《かいちゅうでんとう》を向けた。

誰《だれ》もいない。

慌《あわ》てて、廊下《ろうか》の先を照《て》らすと、
女の子が音もなく、まるで飛ぶように廊下《ろうか》を走っていくのが見えた。

女の子の姿《すがた》はどんどん遠くなっていき、懐中電灯《かいちゅうでんとう》の照《て》らす範囲《はんい》から消えた。

ボクは訳《わけ》がわからず、理科室に行くことも忘《わす》れ、逃《に》げるようにゴールに向かった。

そんな遠い記憶《きおく》を思い出していると、友だちがボクに言った。

「おまえはさ、肝試《きもだめ》しの組が決まってすぐ、具合が悪くなって保健室《ほけんしつ》に行っただろ。でも参加しなくてよかったよ。ちっとも怖《こわ》くなかったから」

旧校舎《きゅうこうしゃ》の記憶《きおく》

人間の記憶《きおく》はとても不思議なものです。

思い出などの言葉であらわされる個人《こじん》が経験《けいけん》した記憶《きおく》のことを、心理学の言葉で「エピソード記憶《きおく》」といいます。

エピソード記憶《きおく》は、ちょっとした心の動きや体の状態《じょうたい》で、書き換《か》えられる場合があるそうです。

自分では確《たし》かだと思っていることが、他の人の記憶《きおく》では、まったく違《ちが》っていることもあり得《え》ないことではないそうです。

肝試《きもだめ》しに参加したボクの記憶《きおく》は・・・？

禁忌<ruby>タブー</ruby>

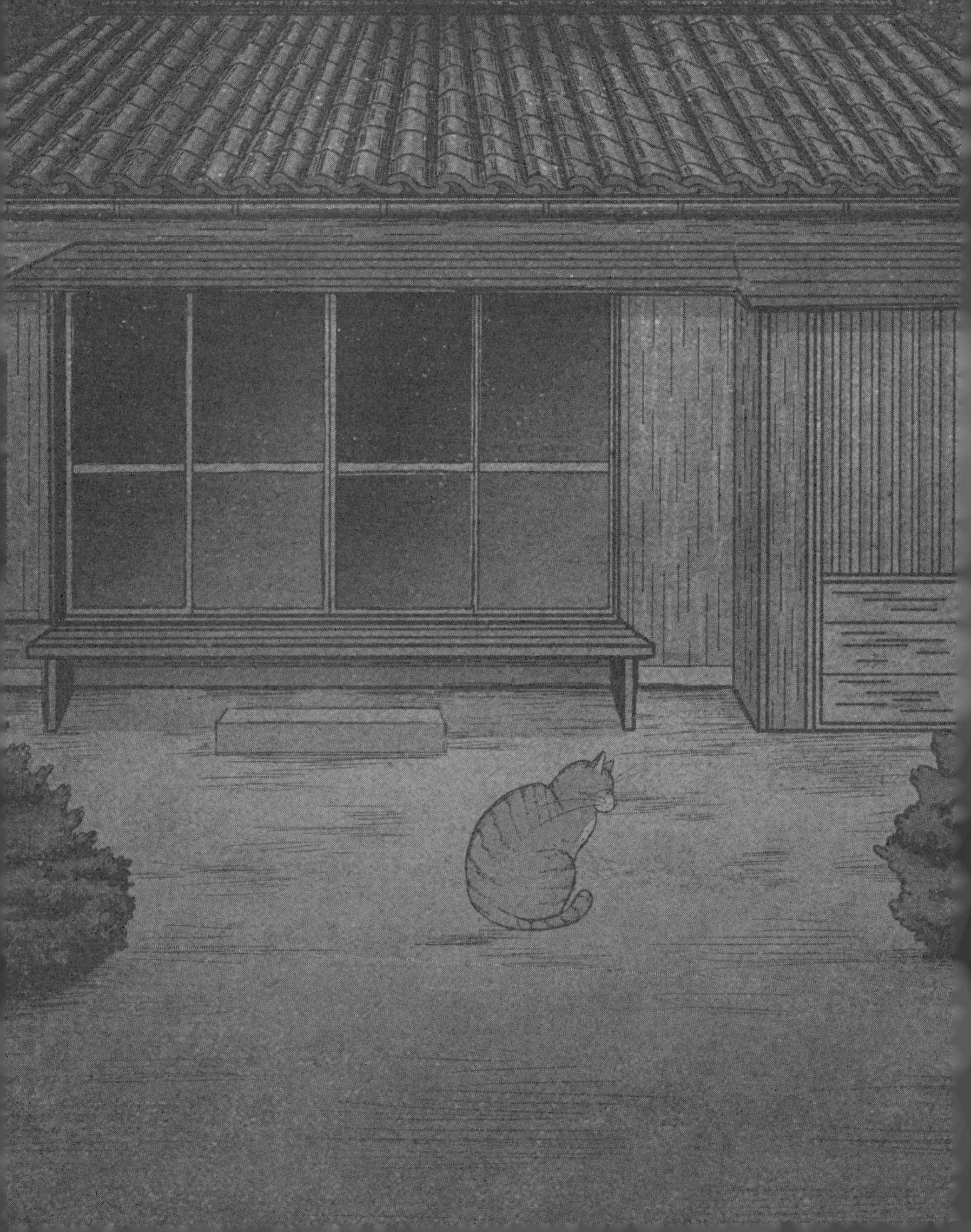

友だち三人と卒業旅行で、ある古い神社に詣《もう》でた。

これから三人とも進路は別々になってしまう。最後の思い出づくりだ。

神社の広い境内《けいだい》は深い森に包まれ、歩いているだけで清々《すがすが》しい。

友だちの一人は、お参《まい》りを済《す》ませると、スマホで録画《ろくが》をはじめた。

後《あと》でインターネット配信するらしい。

「親友二人と卒業旅行に来ています」

「ちょっ。突然《とつぜん》、写さないでよ」

「顔はあとでトリミングしてよね」

静かな境内《けいだい》に、わたしたちの声が意外に大きく響《ひび》いて、少し恥《は》ずかしくなった。

お守りを買うとき、社務所《しゃむしょ》で聞くと、神社の後ろに広がる深い森は禁足地《きんそくち》だそうだ。

神社の人たちでも、決められたお祀《まつ》りのときにしか入ることが許《ゆる》されていない。

森に続く山に神様がいらっしゃるそうだ。

奥《おく》の森と山は立ち入り禁止《きんし》だが、その手前に奥宮《おくみや》があり、そこまでは入れるという。

「奥宮《おくみや》では柏手《かしわで》を打たないでくださいね」

巫女《みこ》さんがつけ加えた。

「奥宮《おくみや》の神様は静寂《せいじゃく》を好《この》むので大きな声はお控《ひか》えください。撮影《さつえい》もご遠慮《えんりょ》いただいております」

友だちは、いたずらっぽく肩《かた》をすくめた。

奥宮《おくみや》まで歩いて行く途中《とちゅう》で、友だちが言った。

「『ご遠慮《えんりょ》ください』は禁止《きんし》じゃないよね?」

「禁止《きんし》を穏《おだ》やかにした言い回しだよ。つまりダメってこと」

「なら禁止《きんし》ってはっきり言えばいいのにね。うわ、この辺の木とか、すごくない?」

周囲にはわたしたち三人の他に、誰《だれ》もいない。

太い木が並《なら》び、苔《こけ》むした岩がある。

「あ。あれ何だろう」

道の両側にある柵《さく》の向こうに、串《くし》につけられた、ひらひらする白いものが見えた。

友だちは柵《さく》を乗り越《こ》えようとした。

あわてて二人で止める。

「行っちゃダメ」

「あれはたぶん御幣《ごへい》だよ。神社の人がお祓《はら》いとかに使うもの」

友だちは不満そうに柵《さく》にかけた足を戻《もど》した。

「二人はいいよね。物知りで。わたしなんか・・・」

友だち一人だけ、違《ちが》う進路に進むことが決まっていた。

わたしたちは気まずい沈黙《ちんもく》のなか、奥宮《おくみや》に着いた。

奥宮《おくみや》は白木の小さなお宮だった。鈴《すず》も賽銭箱《さいせんばこ》もない。三人並《なら》んで手を合わせる。

さっきまで黙《だま》って歩いてきたのは、

静寂《せいじゃく》を好《この》む奥宮《おくみや》の神様がそうさせたような気がした。

「さっきはごめんね」

二人同時に、隣《となり》で手を合わせている友だちに声をかけていた。

友だちがくすっと笑う。

「気にしてないよ。それより」

友だちはいたずらっ子のように声を潜《ひそ》めた。

「最後の記念にみんなで一枚《まい》だけ・・・撮《と》ろう。ね。お願い」

三人でお宮の前に並《なら》ぶ。

巫女《みこ》さんから言われた注意が頭をかすめたが、あたりには誰《だれ》もいないし、大声で騒《さわ》ぐわけではないから、大丈夫《だいじょうぶ》だろう。

友だちが自撮《じど》り棒《ぼう》を構《かま》えた。

「みんな笑って～はい、ちーず」

ばきばきっ

シャッター音と同時に背後《はいご》で音がした。

振《ふ》り向いたが、何もない。気のせいだろう。

「びっくりしちゃったから、もう一枚《まい》」

次は何も聞えなかった。

四月も半《なか》ばを過《す》ぎ、新しい学校生活に慣《な》れはじめた頃《ころ》。

友だちからメールが送られてきた。

卒業旅行以来、三人ともすれ違《ちが》いが多く、誰《だれ》ともまったく連絡《れんらく》が取れなかった。

「やっとメールが来た」

期待に反して、本文は何もない。

一枚《まい》だけ画像《がぞう》が添付《てんぷ》されていた。

その画像《がぞう》には、奥宮《おくみや》の前でわたしともう一人の友だちが並《なら》んで写っていた。

禁忌《タブー》

現代《げんだい》において、一般的《いっぱんてき》に神様というと、大きな力で、人間にご利益《りやく》を与えてくれる存在《そんざい》として考えられています。

古い考え方では、神の力は、和魂《にぎみたま》、幸魂《さきみたま》、荒魂《あらみたま》、奇魂《くしみたま》に分かれ、一柱《ひとはしら》の神の中に四つの面があると考えられていました。

それは、尊《とうと》いものや善良《ぜんりょう》なものだけでなく、人間にとって悪《あ》しき働きをするものや、奇怪《きかい》なものも含《ふく》まれていました。

長い間、語り継《つ》がれてきた禁忌《タブー》の中には、迷信《めいしん》もあるかもしれませんが、人間にとって好《この》ましくない力を抑《おさ》えようと考え出されたものもあるようです。

生物以外にも
『霊《れい》』
はあるのか？

生物以外の「物質《ぶっしつ》」は、命や感情《かんじょう》を持たない。

現代《げんだい》の常識《じょうしき》ではそう考えられています。

古代の人々も、社会が発展《はってん》していくにつれて、命を持たない物質《ぶっしつ》と生物を分けて考えるようになっていったようです。

しかし、完全に割《わ》り切ってしまうことはできませんでした。「命が宿《やど》る」という日本語の表現《ひょうげん》があるように、器物や道具にも、霊的《れいてき》な力が留《とど》まることもあるとした物語や美術《びじゅつ》作品が残されています。

「百鬼夜行《ひゃっきやぎょう》」は、平安時代から室町時代の人々が恐《おそ》れた鬼《おに》や異形《いぎょう》のものたちの行列でした。夜になると都を行進し、出合った人に災《わざわ》いをもたらすと考えられていました。

『百鬼夜行絵巻《ひゃっきやぎょうえまき》』はその行列の様子を描《えが》いたものですが、器物や道具が変化した妖怪《ようかい》が多く描《えが》かれています。当時の人々は、器物や道具などが、長い年月を経《へ》ると命が宿《やど》ると考えていました。

漢字の「九十九」は「つくも」と読み、長い年月をあらわします。この字が示《しめ》す通り、器物や道具の妖怪《ようかい》は「付喪神《つくもがみ》」と呼《よ》ばれました。

「付喪神《つくもがみ》から守りの精霊《せいれい》へ」

付喪神《つくもがみ》は、古代日本人の「古いもの、長くあるものには大きな力がある」という考え方が生き残り、別な形で復活《ふっかつ》したものかもしれません。その中でも、櫛《くし》や鏡のように人の体に触《ふ》れる道具は、人に似《に》せてつくった人形と同じく、命が宿《やど》りやすいと考えられていたようです。やがて後の時代になると、櫛《くし》、鏡、人形は、自分の代《か》わりに災《わざわ》いを引き受けてくれる身代わりとしてお守りのような存在《そんざい》にもなっていきます。逆《ぎゃく》に災厄《さいやく》を物に移《うつ》して、手放すことで逃《のが》れる方法も考え出されました。道に落ちている櫛《くし》や鏡を拾ってはいけないという言い伝えは、それをあらわしたものです。

「付喪神《つくもがみ》は日本特有の考え方」

中国には、陶器《とうき》人形が怪異《かいい》を起こす話や、いたずらで顔を描《か》かれた甕《かめ》が化《ば》け物《もの》になり家に災《わざわ》いをもたらす話が物語として存在《そんざい》します。これらは付喪神《つくもがみ》とは違《ちが》い、その原因《げんいん》は不明、もしくは供養《くよう》されない死霊《しりょう》のせいとされています。

欧米《おうべい》では、道具や物質《ぶっしつ》が動いたり、人に話しかけるのは、悪魔《あくま》の仕業《しわざ》とされていることが多いようです。

どうやら付喪神《つくもがみ》は、日本特有のものと考えてもいいようです。

現代《げんだい》、AIはさまざまな場面で使用されています。

昔とは違《ちが》った機械や道具(ツール)が、日常《にちじょう》生活に溶《と》け込《こ》んでいます。

たとえばスマホやパソコンの言語変換《へんかん》では、よく利用する言葉は、一文字打っただけで、候補《こうほ》としていちばんはじめに浮《う》かび上がってきます。もし、まったく打った覚えがない、ネガティブな言葉だけが候補《こうほ》として浮《う》かび上がってきたら・・・。

これも形を変えた付喪神《つくもがみ》かもしれません。

肩《かた》ごし

「これ貸《か》してあげる」
姉が耳をすっぽり覆《おお》うタイプのヘッドホンをわたしに手渡《てわた》した。
姉はこの冬、高校受験だ。
リビングのテレビでわたしがゲームをする音が、とても気になるらしい。
「音が外に漏《も》れないように、これ使って」
それからはゲームのたびに、ヘッドホンを使うことにしている。
でも、何度呼《よ》ばれても気づかないわたしに母が怒《おこ》って、
何度か口げんかしたこともあった。
それ以来、ヘッドホンをつけてゲームをしているときは、わたしの右肩《かた》を叩《たた》いて
呼《よ》ぶことが、家族とわたしの間では、何となくお約束《やくそく》になっていた。
十二月のある日曜日。
その日は、昼前から姉と二人で留守番《るすばん》をすることになった。

姉は自分の部屋で勉強。
わたしはリビングを独《ひと》り占《じ》めして、ゲームに熱中していた。
戸締《とじま》りは確認《かくにん》してある。
お腹《なか》が空《す》くまでゲームをしよう。
そう決めてヘッドホンをつけた。
一つステージをクリアしたところで、お腹《なか》が鳴った。
時計を見ると午後一時をだいぶ過《す》ぎていた。
ゲームをはじめてから二時間以上経《た》っている。
わたしはゲームを中断《ちゅうだん》して、キッチンに行った。
テーブルの上のお皿に、おにぎりが二個《こ》。
ラップをかけて置いてあった。
『全部食べていいよ』

姉のメモがついていた。
姉は外出しているようだ。
ゲームに熱中しているわたしに遠慮《えんりょ》して、肩《かた》を叩《たた》かないで、そっと出かけたらしい。
受験のせいで、イライラしてるときもあるけど、そういうところは、やさしい姉だ。
おにぎりを食べて、ゆっくり休憩《きゅうけい》した。
家の中はシーンと静まり返っている。
小学生の頃《ころ》から、留守番《るすばん》はいつも姉と二人だった。
一人きりの留守番《るすばん》は、わたしが中学生になった今も、数えるほどだ。
寂《さび》しいわけではないけれど、一人きりの留守番《るすばん》は、何か落ち着かない。
わたしはリビングに戻《もど》り、ゲームを再開《さいかい》した。
十二月は、日の入りが早い。
三時を回ると、太陽の光は急速に明るさを失《うしな》っていく。

日が陰《かげ》りはじめた部屋で、そろそろゲームをやめようと思ったとき。
「あのさ・・・いいか・・・で・・・」
ゲーム音とはまったく違《ちが》う声が、ヘッドホンから耳元に語りかけてきた。
同時に右肩《かた》にズシリと重さを感じた。
家族ならトントンと肩《かた》を叩《たた》くはずだ。
右肩《かた》に誰《だれ》かが顎《あご》を乗せて、わたしに語りかけている。
そんなイメージが頭に浮《う》かび、全身に鳥肌《とりはだ》が立った。
今、目の前のゲーム画面は明るい。
だからディスプレイには何も映《うつ》らないが、
あと数秒で、このゲーム画面は暗転《あんてん》する。
もし、そこに何かが映《うつ》ってしまったら。
「わあっ」

わたしは勇気を振《ふ》り絞《しぼ》って、叫《さけ》びながら、ヘッドホンをはずした。

振《ふ》り向くのが怖《こわ》くて、玄関《げんかん》まで走る。

もしも、姉が施錠《せじょう》を忘《わす》れて出かけたなら、
幽霊《ゆうれい》とかじゃなくて、現実《げんじつ》の侵入者《しんにゅうしゃ》かもしれない。

しかし、玄関《げんかん》はしっかり施錠《せじょう》されていた。

「じゃあ、何？」

呆然《ぼうぜん》としていると、玄関《げんかん》のロックがゆっくり回り、ドアが開いた。

「ただいま」

「おかえり」

「どうしたの？　顔色悪いよ」

わたしは姉に続いて、こわごわリビングに戻《もど》った。

窓際《まどぎわ》に置いてあるクリスマスツリーのライトが、点灯《てんとう》していた。

肩《かた》ごし

昔の電話機などでは、無線などの強い電波が流れると、混線《こんせん》して別の会話が聞えることがあったそうです。

でも現代《げんだい》では、そんな現象《げんしょう》はほとんど起こらないようです。

仮《かり》に聞えた声が混線《こんせん》だったとしても、肩《かた》に感じた重さは、どう考えればいいのでしょう。

クリスマスツリーのライトが点灯《てんとう》していたということは・・・。

学校の階《かい》段《だん》

ボクたちの学校には、学校の怪談《かいだん》がある。

階段《かいだん》にまつわる話なので、生徒の間では「階段《かいだん》の怪談《かいだん》」という笑い話みたいなタイトルで語られていた。

特別教室だけが集まっている校舎《こうしゃ》があって、そこの階段《かいだん》についての話だ。

その校舎《こうしゃ》は四階建《だ》てで、階段《かいだん》は屋内と外にある非常階段《ひじょうかいだん》の二つ。

屋内《おくない》にある階段《かいだん》の数が、何度数えても同じ数にならないという話だ。

不思議なことに、何度試《ため》しても、階段《かいだん》の数はバラバラで同じ数にはならない。

古い校舎《こうしゃ》なので、階段《かいだん》の高さが低めだから、無意識《むいしき》のうちに、一段抜《だんぬ》かしてしまうというのが、真相のようだ。

「先輩《せんぱい》に聞いたんだけどさ。この階段《かいだん》の怪談《かいだん》。かなり省略《しょうりゃく》されて伝わってるんだって」

「ほんとはどんな話なの?」

「階段《かいだん》の数を数えるのは、日が暮《く》れて暗くなってからなんだってさ。

二人同時に上りながら数えていくと、三階の踊《おど》り場《ば》で奇妙《きみょう》なことが起きるらしいよ」

ボクたちは、ちょうど三階の踊《おど》り場《ば》にいた。周囲を見まわす。

上の方に明かりを取り入れる横長の窓《まど》があるだけ。

後はコンクリートの壁《かべ》に囲まれた空間。

「何もないよね」

「うん。何もないね」

そのままボクはその話を忘《わす》れてしまった。

思い出したのは、学園祭の準備《じゅんび》で、遅《おそ》くまで学校に残った日のことだ。

夕日が沈《しず》んで、あたりは暗くなっていた。

作業が終わって、先生を待っている間、その話をすると、クラスの数人が盛《も》り上がった。

「何が起こるか、やってみないか」

四階の音楽室から吹奏楽《すいそうがく》の音が聞えていた。

「吹奏楽部《すいそうがくぶ》が練習しているなら、入っても叱《しか》られないだろ」

ボクは気乗りがしなかったが、話してしまった手前、ついていくことになった。

女子二名、男子はボクを入れて三名で特別教室の校舎《こうしゃ》に入る。

もっと明るいと思っていたが、予想に反して、校舎《こうしゃ》の中は暗かった。

階段《かいだん》は吹《ふ》き抜《ぬ》けになっている。

うす暗い中で上を見上げると、まるで煙突《えんとつ》の底のように感じる。

四階だけが微《かす》かに明るい。

「やめる?」

ボクがそう言うと、友だちが不満げに言った。

「せっかくここまで来たのに」

「男女ペアで行ってみようよ。上には吹奏楽部《すいそうがくぶ》もいるし、大丈夫《だいじょうぶ》だよ」

最初の一組はもう階段《かいだん》に足をかけていた。

「お前はさ、ここに残って先生が来たら声をかけてくれよな」

ボクは一人残ることになった。

「二階まで上ったら呼《よ》ぶから、次の組がスタートして」

二人が、スマホの明かりで階段《かいだん》を照《て》らしながら、上りはじめた。

いちにさんし・・・数を数える声が響《ひび》く。

「さんじゅうはち。二階だ。次どうぞ」

次のペアも後に続いた。

階段《かいだん》の下には、ボク一人取り残された。

いつの間にか吹奏楽《すいそうがく》の音も止まっている。

「おーい。着いたら、着いたって言ってよ」

静けさに耐《た》えられず、ボクは上に向かって叫《さけ》んだ。

返事はなかった。

じりじりと焦《あせ》るような、変な気分で、冷《ひ》や汗《あせ》が出る。

ボクは階段《かいだん》を上った。

いちにさん・・・。

数えるつもりはないが、無意識《むいしき》に頭の中で数を数えていた。

奇妙《きみょう》なことが起きるという三階の踊《おど》り場《ば》はもうすぐだ。

最後の段《だん》を上り、踊《おど》り場《ば》に出た。

制服を着た男子が、無言でボクをじっと見ている。

ボクは急いで四階まで駆《か》け上がり、音楽室に飛び込《こ》んだ。

演奏《えんそう》をやめた吹奏楽部《すいそうがくぶ》と先に上った四人がおしゃべりしていた。

ボクを見ると、先に着いていた友だちが、笑いながら言った。

「慌《あわ》てちゃって、どうしたの？　あっ、わかった。踊《おど》り場《ば》の鏡に驚《おどろ》いたんでしょう」

吹奏楽部《すいそうがくぶ》のみんなのおしゃべりが止まった。

学校の階段《かいだん》

この話には矛盾《むじゅん》している部分があります。

はじめに三階の踊《おど》り場《ば》を見まわしたときには、窓《まど》があるだけで、壁《かべ》には何もありませんでした。

次に数を数えながら上ったときには、ボクは三階の踊《おど》り場《ば》で、人影《ひとかげ》を見ました。友だちの話では、それは鏡に映《うつ》った自分だったようです。

では、いつもその場所を通っている吹奏楽部《すいそうがくぶ》の人たちが、おしゃべりをやめたのは、なぜでしょうか。

五《ご》分《ぶ》の魂《たましい》

「きゃっ！　気持ち悪い」

公園の茂《しげ》みに入ってしまったボールを探《さが》していると、Rが隣《となり》で叫《さけ》んだ。

振《ふ》り向くと、大きな蜘蛛《くも》の巣《す》が、木々の間に張《は》られていた。

Rは顔にかかった蜘蛛《くも》の巣《す》を、手で払《はら》いのけていた。

「うわー。　べたべたする。きもい」

「すごく大きいからジョロウグモの巣《す》かな。大きいだけで、害はないから大丈夫《だいじょうぶ》だよ」

ボールが見つかり、みんなのところに戻《もど》っても、なぜかRは、

不機嫌《ふきげん》そうな顔のままだった。

「どうしたの？」

いっしょに遊んでいた男子が声をかけた。

「大きな蜘蛛《くも》の巣《す》があって、きもかったの。見たことないくらい大きい蜘蛛《くも》」

「へえ、みんなで見に行こうぜ」

「大げさだよ、普通《ふつう》より少し大きいくらいだよ」

わたしはそう言って止めたが、遊びに飽《あ》きていたのだろう、みんなが茂《しげ》みの方へ向かって行った。何だかイヤな予感がして、わたしも後を追った。

コツンコツン
石が木にぶつかって跳《は》ね返る音がしている。

Rたちが、小石を蜘蛛《くも》の巣《す》にぶつけていた。

巣《す》を破《やぶ》った石が、周りの木にぶつかり、跳《は》ね返っている音だった。

「やめなよ。蜘蛛《くも》は何も悪いことしてないじゃん」

Rが振《ふ》り向いて言った。

「だって顔にかかって、気持ち悪かったし、他の人だってきっと同じだよ」

風が吹《ふ》いた。その加減《かげん》で、蜘蛛《くも》の巣《す》から離《はな》れた蜘蛛《くも》が、ふわりとRの肩《かた》に飛んできた。

「うわっ。誰《だれ》か取って」

Rの肩《かた》を隣《となり》にいた男子が手で払《はら》う。蜘蛛《くも》は地面に下りた。やはりジョロウグモだ。大きいから雌《めす》だろう。黄色と黒の脚《あし》を動かして、この場から逃《に》げようとしている。

「何するの！」

わたしが叫《さけ》んだ次の瞬間《しゅんかん》、Rが手に持った大きい石をすばやく蜘蛛《くも》の上に落とした。

「早く、踏《ふ》んで」

Rが隣《となり》の男子に促《うなが》した。

「やめなよ」

わたしが止める間もなく、Rと男子の足が交互《こうご》に石を踏《ふ》んだ。

「ああ、きもかった。行こう」

Rはこんなことする子じゃなかったのに、どうしちゃったんだろう。

公園からの帰り道。沈《しず》んだ気持ちで歩いていると、Rがわたしに話しかけた。

「何か機嫌《きげん》悪くない？　どうかした？」

「蜘蛛《くも》」

「なあんだ、蜘蛛《くも》を退治《たいじ》したのを怒《おこ》ってるのか。家の周りに蜘蛛《くも》の巣《す》があったら、掃除《そうじ》するでしょう。同じことだよ」

「それなら巣《す》を払《はら》うだけでよかったのに」

「だって、ただの虫じゃない」

わたしだって特別、虫が好きなわけではない。

毛虫やゴキブリは苦手《にがて》だ。夏になれば蚊取《かと》り線香《せんこう》だって焚《た》く。

ただ亡《な》くなった祖母《そぼ》は、蜘蛛《くも》などが家に入ってくると、いつも外に逃《に》がしていた。

祖母《そぼ》はそのたびに、わたしに言って聞かせた。

「『五分《ごぶ》の魂《たましい》』を軽く見るのは、おそろしいことだよ」

わたしはその思い出をRに話そうとした。

「おばあちゃんがさ・・・」

「もうやめよう。つまんない。また明日学校でね」

Rは手を振《ふ》って帰って行った。

翌日《よくじつ》、Rは学校に来なかった。

その次の日も・・・。

Rといっしょに石を踏《ふ》んだ男子は、足を捻挫《ねんざ》したそうだ。

公園で気まずい別れ方をしたことが気になって、

Rの家を訪《たず》ねるとRのお母さんが出てきた。

「お見舞《みま》いありがとう。これお借りしていた本でしょう?」

わたしは手渡《てわた》された本を見て思わず「あっ」と小さく声をあげた。

その本の上に小さい蜘蛛《くも》が乗っていた。

不思議

五《ご》分《ぶ》の魂《たましい》

蜘蛛《くも》は、その姿《すがた》から不気味なイメージを持たれることも多いのですが、蚊《か》やハエなど、人間に好《この》ましくない虫を捕食《ほしょく》するため、益虫《えきちゅう》に分類されています。

古代では、蜘蛛《くも》の巣《す》の張《は》り方で吉凶《きっきょう》を占《うらな》うこともあったそうです。

そのためか「朝の蜘蛛《くも》は縁起《えんぎ》がいい」、「夜の蜘蛛《くも》を殺してはいけない」など蜘蛛《くも》にまつわる言い伝えが多く残っています。

『一寸《いっすん》の虫《むし》にも五分《ごぶ》の魂《たましい》』という諺《ことわざ》がありますが、本来の意味だけでなく、ほんとうに『五分《ごぶ》の魂《たましい》』はあるのかもしれません。

消失
しょう　しつ

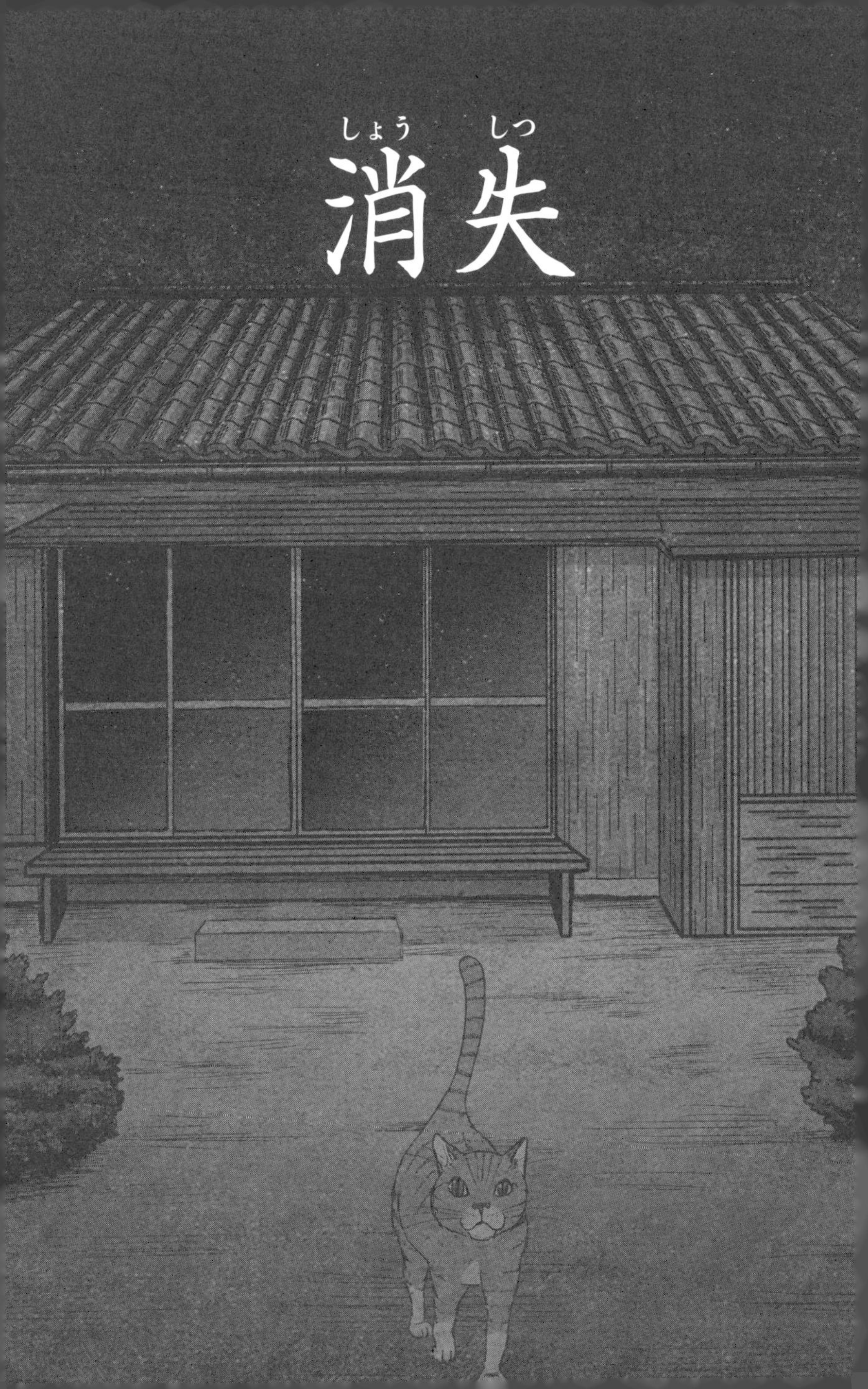

「ねえ、何か怖《こわ》い話知らない？　学校の怪談《かいだん》でもいいよ」

休み時間に本を読んでいたら、クラスの女子が話しかけてきた。

高校一年の期末テストが終わり、クラス中がホッとした気分に包まれていた。

期末テストが終われば、もうすぐ夏休みだ。

「何で？」

「だって、怖《こわ》い話好きでしょう」

その子はボクが開いていた本を指さした。

小泉八雲《こいずみやくも》。

怪談《かいだん》好きは、悪いことではないが、変人だと思われてしまうこともある。

ボクもこの趣味《しゅみ》は、仲のいい友だちにしか打ち明けていない。

この子も同じ趣味《しゅみ》と知って、少しうれしくなった。

ボクは中学三年の夏に、不思議な体験をしたことがある。

それ以来、怪談《かいだん》や不思議な話に興味《きょうみ》を持つようになった。
「それ、どんな話？」
ボクは彼女《かのじょ》に手短に体験を話した。
友だちと待ち合わせをしたが、不思議なすれ違《ちが》いで、会うことができなかった話だ。
後で友だちに確認《かくにん》したら、その日は体調を崩《くず》して寝込《ねこ》んでいて、
とても外出できる状態《じょうたい》ではなかったそうだ。
友だちはうそをつくような性格《せいかく》ではない。
当時、この体験を家族にも話した。
家の人たちはみんな、「暑さのせい」でボクの感覚が
おかしくなっていたんじゃないかと言った。
彼女《かのじょ》はボクの話を聞くと、真剣《しんけん》な表情《ひょうじょう》で言った。
「もし会えてたら、もっと怖《こわ》くない？　会えなくてよかったんだよ」

確《たし》かに彼女《かのじょ》の言う通りだ。

友だちを装《よそお》った「何か」に会っていたら、どんな展開《てんかい》に成《な》っていたのだろうか。

怖《こわ》いけれど、ほんの少しだけ、会ってみたかった気もする。

ボクが考えていると、唐突《とうとつ》に彼女《かのじょ》が言った。

「世の中には、知ってはいけない何かがあるのかも。

たとえば、学校の八不思議みたいな」

その都市伝説ならボクも知っている。

『学校の七不思議はどこの学校にもある。

でもほんとうは八不思議で、八番目の話を知ると、この世界に戻《もど》れなくなる』

同じ趣味《しゅみ》のボクと彼女《かのじょ》は、

ときどき放課後の図書室で怖《こわ》い話について、情報《じょうほう》を交換《こうかん》するようになった。

ボクはもっぱら本で読んだ話やネットで検索《けんさく》した話を提供《ていきょう》したが、

彼女《かのじょ》の方はもっと積極的《せっきょくてき》だった。

友だちやその知り合いが体験した話、いわゆる「実話怪談《かいだん》」を集めることに熱心だった。

そんなある日、彼女《かのじょ》は息を弾《はず》ませて、図書室に入ってきた。

「聞いて。八番目の話を知ってる人を見つけたの」

「学校の七不思議の話？」

彼女《かのじょ》はうなずくと、カバンからスマホを出した。

「もうすぐメールで送ってくれるって」

「知ってる人？」

「この学校の卒業生なんだって」

彼女《かのじょ》はすごく興奮《こうふん》していた。

「早くメール来ないかな」

スマホを机《つくえ》の上に置き、彼女《かのじょ》は子どものようにワクワクしていた。

ボクが話しかけても、何となく上《うわ》の空《そら》で、いつものように話が続かなかった。

空が夕焼けで、赤く染《そ》まる。

校庭からは部活を終え、帰る生徒の声が聞えてくる。

図書室にいるのは、ボクたちだけになった。

「そろそろ帰らない？」

彼女《かのじょ》は頬杖《ほおづえ》をついたまま つぶやいた。

「先に帰って」

「じゃあ、気をつけて。またね」

図書室を出るとき、かすかな着信音が聞えたような気がして、振《ふ》り向く。

スマホを持った彼女《かのじょ》が、ボクに小さく手を振《ふ》っていた。

それきり彼女《かのじょ》の消息《しょうそく》はわからない。

消《しょう》失《しつ》

彼女《かのじょ》が、もし事件《じけん》に巻《ま》き込《こ》まれたり、事故《じこ》に遭《あ》ったとしたら、学校で話題になるはずでしょう。

何事もなかったかのように毎日が続いているのであれば、やはり彼女《かのじょ》は八番目の話を読んで、知らない世界の扉《とびら》を開いてしまったのではないでしょうか。

霊《れい》に種類や区別はあるのか？

怪談《かいだん》やホラー漫画《まんが》などでは動物霊《れい》、地縛霊《じばくれい》、守護霊《しゅごれい》などの言葉が使われています。「霊《れい》」に種類や区別はあるのでしょうか?

実はこれらの言葉が誕生《たんじょう》したのは、比較的《ひかくてき》新しい時代です。十九世紀中頃《せいきなかごろ》に、アメリカを中心に流行した「心霊主義《しんれいしゅぎ》(スピリチュアリズム)」という考え方がありました。

「心霊主義《しんれいしゅぎ》」は、もともと古くから世界中に存在《そんざい》していた、「死後も霊魂《れいこん》は存在《そんざい》するという」考え方をもとに発展《はってん》したものです。

心霊主義《しんれいしゅぎ》は、キリスト教の教えと相反する部分を持ちながらも、一般民衆《いっぱんみんしゅう》に広がっていったようです。

心霊主義《しんれいしゅぎ》の主な考え方では、死者は霊《れい》として死後も存在《そんざい》し、生きている人と交流できるというものでした。

実際《じっさい》に「降霊会《こうれいかい》」を開き、霊《れい》との交信をおこなってみせるパフォーマンスも流行していたそうです。この流れは世界を巡《めぐ》り、明治時代の日本にもやってきました。みなさんも知っている「こっくりさん」占《うらな》いは、降霊術《こうれいじゅつ》の一種（テーブルターニング）を簡単《かんたん》にしたものだそうです。テーブルターニングは、ホラー映画《えいが》などで、丸テーブルを囲み、手を繋《つな》いで霊《れい》を呼《よ》ぶ場面として描《えが》かれています。

「地縛霊《じばくれい》」「守護霊《しゅごれい》」などの言葉は、英語をそのまま日本語に訳《やく》した言葉です。

日本国内では一九〇〇年代の心霊《しんれい》ブームで広く一般《いっぱん》に知られるようになりました。

一方、「動物霊《れい》」という言葉は日本独自《どくじ》の言葉です。日本では古くから神仏《しんぶつ》の従者《じゅうしゃ》として動物が仕《つか》えているという考えがありました。狼《おおかみ》、蛇《へび》、狐《きつね》、猿《さる》、猪《いのしし》、鹿《しか》、蛙《かえる》など本当にさまざまな動物たちがいます。彼《かれ》らは作物の収穫《しゅうかく》に関連する動物が多く、動物は古代の人々の生活に深くかかわっていたことが想像《そうぞう》できます。

鳥、蝶《ちょう》、蛾《が》などは、死者の霊魂《れいこん》を運ぶ存在《そんざい》として認識《にんしき》されていました。動物霊《れい》は自然の中で生きてきた日本独自《どくじ》の言葉です。

自然や動物を軽んじることを戒《いまし》める意味で、動物霊《れい》は怖《こわ》いと言い伝えられてきたのかもしれません。

最後に「霊《れい》とは何か」について、ある心理学者が考えた説を紹介《しょうかい》します。

古くから人間は自然や太陽を神のように崇《あが》めたり、大切にしてきました。

それが全人類に共通していたことは、コラムの「霊《れい》って、何だろう?」でご紹介《しょうかい》した通りです。

他にも古代世界ではなぜか多くの共通したイメージが創《つく》られました。

心理学者C・Gユングは、このように全人類が共通して持っている思い込《こ》みや信じていることを「集合的無意識《むいしき》」と名づけました。集合的無意識《むいしき》は心の奥底《おくそこ》にあるため、普段《ふだん》は気づくことがありませんが、わたしたちの行動に影響《えいきょう》をもたらしているそうです。

もしかしたら霊《れい》は、この集合的無意識《むいしき》と関係があるのかもしれません。

抜《ぬ》け道

十月になると、日が暮《く》れるのが早くなる。
部活動が終わる時間には、あたりはすっかり暗くなっていた。
「秋の日はつるべ落としと言って・・・」
顧問《こもん》の先生が話をはじめた。
先生の話は部活には関係のない他の話に繋《つな》がっていく。
楽しいけれど、帰りの時間が遅《おそ》くなりがちだ。
ボクは遠くから通学しているので、ちょっと迷惑《めいわく》だ。
学校から駅までは自転車で、駅からは電車で家まで帰る。
一本電車を逃《のが》すと、次の電車までは二十分も待たなくてはならない。
その日も少し遅《おそ》くなった。
「電車には間に合わないな」
自転車のカギをはずしながら、つぶやくと友だちが言った。

「指定の通学路だと駅まで遠いだろ。十分くらい早くなる抜《ぬ》け道があるらしいよ」

「それどこ?」

「ボクも聞いただけだから、詳《くわ》しいことは知らない。サッカー部の男子が、追い抜《ぬ》いていった自転車の後をついていったら、それが抜《ぬ》け道だったらしい。おかげで間に合わないと思っていた電車に乗れたんだって」

そんな便利な道があるなら、使ってみてもいいかもしれないと思った。

それから一週間後のこと。

部活が終わった時間が、いつもより遅《おそ》かった。

早く帰りたい。そう思って校門を出た。

ちりちりちり

後ろからベルの音がして、一台の自転車がボクを追い抜《ぬ》いていった。

制服を来た女子が、前を走って行く。

ボクは思わず、後を追った。

駅まで向かう途中《とちゅう》の上り坂で、前を走る自転車は細い道を左に曲がった。

「これって、抜《ぬ》け道かも」

ボクも左に曲がる。

十メートルくらい先を女子の自転車が走る。

学校から見て駅は北西の方角だ。

左に曲がって、途中《とちゅう》で右に曲がれば、北西の方へ向かっていることになる。

「どこまで行くんだ」

道はだんだん細くなっていった。

舗装《ほそう》されてはいるが、凸凹《でこぼこ》で自動車でもすれ違《ちが》うのが危《あぶ》ないくらいだ。

街灯《がいとう》がない暗《くら》い道だから通学路に指定されないのかもしれない。

両側は古い家が立ち並《なら》び、畑が点々とある。

ボクは心細くなってきた。

「この道で、ほんとに合ってるのか」

突然《とつぜん》、前を走る女子が振《ふ》り向いて、ボクを見た。

にっと笑う白い歯が見えた。ボクをからかっているみたいだ。

「引き返そうかな」

そう思ってブレーキに手をかけたとき、女子の自転車が右に曲がった。

右側の道は明るく見えた。

街灯《がいとう》があるらしい。

「ここで大きい道に出るのか。なんだ、やっぱり抜《ぬ》け道なんだ」

ボクも後を追って、右に曲がる。

今までの道より明るく、道幅《みちはば》も広い。

道の両側は、コンクリート塀《べい》が続いている。

街灯《がいとう》に照《て》らされた様子から、そこは工場や倉庫のように見える。
ホッとした途端《とたん》、違和感《いわかん》がボクをおそった。
前を走っていた女子がいない。
道の両側に民家はない。
続いている塀《へい》のどこにも入口は見えない。
ボクはブレーキを握《にぎ》り、自転車を止めた。
ここはどこだ。学校と駅の間に工業団地があるなんて、聞いたことがない。
「そうだ。スマホ」
急いで地図アプリを立ち上げる。
ぐるぐる検索中《けんさくちゅう》の輪が回る。
やっと地図が出た。
ボクの位置を示《しめ》すマークは、知らない駅名と町の名前のそばにある。

抜《ぬ》け道

知らない道を通るのは、心細いものです。

地図アプリには、自分がどこにいるのかを示《しめ》してくれる便利な機能があります。

正しいと思っていたものが、あやふやになってしまったとき、人間の感情《かんじょう》は、もっと不安になるかもしれません。

道を教える怪異《かいい》には、「本所七不思議」の「送り提灯《ちょうちん》」などのように、江戸時代から伝承《でんしょう》されているものがあります。

もし現代《げんだい》に起きた場合、正しい道を教えてくれればいいのですが・・・。

知らない町から、無事に帰れたかが、気になります。

靴《くつ》飛ばし

梅雨《つゆ》だから雨続きなのは仕方がない。
けれど、月曜日から金曜日の今日まで
ずっと雨続きはどうかと思う。
校庭は大きな水たまりでいっぱいだ。
休み時間を教室で過《す》ごすことに、
クラス中が飽《あ》きていた。
掃除《そうじ》の時間になると、
「今日は体育館掃除《そうじ》です」
学級委員がみんなに呼《よ》びかけた。
体育館掃除《そうじ》は、ステージと体育館の床《ゆか》を掃《は》いてから、モップで拭《ふ》き掃除《そうじ》をする。
体育館の高い場所にある通路と体育倉庫は危《あぶ》ないから、
掃除《そうじ》をしなくていいと言われている。

教室より掃除《そうじ》する場所が広いから、
その分、掃除《そうじ》の時間は長めになっていた。
教室や廊下《ろうか》で、騒《さわ》ぐと叱《しか》られるけれど、
体育館なら、ちゃんと掃除《そうじ》をすれば、
多少騒《さわ》いでも叱《しか》られることはない。
ほぼ掃除《そうじ》の終わりが見えてくると、
Yくんが提案《ていあん》した。
「誰《だれ》がいちばん遠くまで飛ばせるか、靴《くつ》飛ばししない？」
「いいね。小学生に戻《もど》ったみたいだ」
クラスのほとんど全員が、
靴《くつ》飛ばし競争に参加することになった。
スタートラインを決めて、一列に並《なら》ぶ。

「『せーの、いち・にい・さん』で飛ばすよ。フライングは失格《しっかく》ね」
せーの、いち・にい・さん。
上履《うわば》きが、一斉《いっせい》に宙《ちゅう》を飛ぶ。
次の瞬間《しゅんかん》には、バタバタと音をたてて、
床《ゆか》に落ちた。
人数が多いので、空中で上履《うわば》きどうしがぶつかり、
思っていたよりも近い場所に
落ちた上履《うわば》きも多かった。
言い出したYくんの上履《うわば》きも、
スタートラインから三メートルも飛んでない。
「今のはなし。もう一回やろう」
Yくんはみんなに向かって、手を合わせた。

おまけに、小さい子どもがおねだりするように体をゆすった。
靴《くつ》飛ばしなんて、子どもっぽい遊びをしたのは久《ひさ》しぶりだったのと、
Yくんの仕草で、すっかり愉快《ゆかい》になった。
ボクも口では「え～」と不満《ふまん》そうに言ったが、
本心では、もう一度やることに賛成《さんせい》だ。
きっとみんなもそうだったに違《ちが》いない。
「仕方ないな。じゃあ、さっきのはテストってことで。もう一度やろう」
また一列に並《なら》ぶ。
今度は、上履《うわば》きどうしがぶつからないように
隣《となり》との間隔《かんかく》を空《あ》けることにした。
これならぶつからないだろう。
「せーの、いち・にい・さん」

一回目と同じように上履《うわば》きが宙《ちゅう》を飛ぶ。

からんからん

次の瞬間《しゅんかん》、体育館に耳慣《な》れない

乾《かわ》いた音が響《ひび》いた。

ボクたちの上履《うわば》きといっしょに、

下駄《げた》が一つ床《ゆか》に落ちた。

それはいちばん遠くまで飛んでいた。

靴《くつ》飛ばし

子どもたちが遊んでいると、いつのまにか、見知らぬ子どもが混《ま》ざっていることがあります。

宮沢賢治《みやざわけんじ》は、童話『ざしき童子《ぼっこ》のはなし』の中で、「こんなのがざしき童子《ぼっこ》です」と書いています。

あなたの記憶《きおく》の中にも、そんな友だちがいるかもしれません。

約《やく》束《そく》

ここ数日、ずっと同じ夢《ゆめ》を見ている。

「ゆびきりげんまん　うそついたら　はりせんぼん　のーます」

夕焼けに染《そ》まる空の下で、わたしは誰《だれ》かとゆびきりをしている。

「ゆびきった」

その言葉が合図のように、パッと夢《ゆめ》から覚《さ》めるその瞬間《しゅんかん》。

左手の小指がチリッとしびれるように痛《いた》む。

小指を眺《なが》めても、どこにも変わったところはない。

学校からの帰り道。

幼《おさな》なじみに話してみた。

「忘《わす》れている約束《やくそく》があるんじゃない？」

「ぜんぜん心あたりがないんだけど」

「最近の約束《やくそく》じゃなくて、きっとすごく昔の約束《やくそく》だよ。

ゆびきりげんまんなんて、小さい子どもしかやらないしね」

通学路は住宅地《じゅうたくち》の中にある。

「ここも新しい家が建《た》つんだね」

数軒並《すうけんなら》んでいた古い家が取り壊《こわ》され、土の地面が見えていた。

住宅地《じゅうたくち》の風景は、小学校に入学してから六年の間に、少しずつ変わっている。

一軒《いっけん》の空《あ》き家《や》の横を通ると、
どこからか、動物のか細い鳴き声が聞えたような気がした。

「今、何か聞えなかった？」

「そう？」

気のせいかな。

そう思ったとき、夢《ゆめ》の中のように、微《かす》かに小指が痛《いた》んだ。

何か忘《わす》れていることがあるような気がする。

十字路でわたしたちは立ち止った。

「じゃあ、また明日」

そう言ったとたん。

「うそつき！」

小さな女の子の声が聞えた。

夕焼け色の空に、帰宅《きたく》を促《うなが》す放送が流れる。

友だちが突然《とつぜん》、叫《さけ》んだ。

「さっきの空《あ》き家《や》、猫《ねこ》おばあさんの家だよ。覚えてない？」

そうだ。思い出した。

さっき通り過《す》ぎた家は、小学一年のときは、空《あ》き家《や》ではなかった。

「ここ猫《ねこ》おばあさんち。野良猫《のらねこ》に餌《えさ》をあげてるから庭先にも猫《ねこ》がいるよ」

集団登校のとき、上級生が教えてくれた。

友だちと二人で、柵《さく》のすき間から庭を覗《のぞ》いたことがあった。

腰《こし》の曲がったおばあさんが庭に出てきた。ちょっと怖《こわ》そうな人だった。

「猫《ねこ》好き？」

おばあさんがぶっきらぼうに言った。

わたしはうなずいた。

「大人《おとな》しく見てるならいいよ」

おばあさんが皿にキャットフードを出すと、猫《ねこ》たちが皿に集まった。

小さい猫《ねこ》が柵《さく》に近寄《よ》ってきた。

小さい足が可愛《かわい》くて、思わず指で撫《な》でた。

子猫《ねこ》はしきりにわたしの手にじゃれついた。

「まるでゆびきりしてるみたいだね」

「ね、おばあさん。今度、子猫《ねこ》にご飯持ってきてもいい？」

おばあさんは聞えていないのか、

答えなかった。

わたしは、気にせず、子猫《ねこ》とゆびきりげんまんの真似《まね》をした。

「ゆびきりげんまん　うそついたら　はりせんぼん　のーます」

わたしは、いつのまにか子猫《ねこ》との約束《やくそく》を忘《わす》れていた。

猫《ねこ》たちのいた家は、いつの間にか空《あ》き家《や》になって、今は誰《だれ》もいない。

約束《やくそく》

約束《やくそく》って何でしょう？

わたしたちの社会は、約束《やくそく》が守られることで、みんなが暮《くら》せる仕組みになっています。

人間どうしの約束《やくそく》でなくても、交《か》わした約束《やくそく》は続いているのでしょう。

付録《ふろく》『神無月《かんなづき》』

ある日の午後、散歩《さんぽ》の途中《とちゅう》、
家の近くの神社に立ち寄《よ》った。

石段《いしだん》を登りきると、
人影《ひとかげ》のない境内《けいだい》の木の陰《かげ》から、
ほうきを片手《かたて》に、
妖怪《ようかい》らしきものがあらわれた。

「なぜ神社なのに妖怪《ようかい》!?」
「聖域《せいいき》のはずなのに?」
なんか……ようかいなんちゃって~

その妖怪《ようかい》は「バイトなんで・・・」と、
お社《やしろ》の扉《とびら》を指さした。

お社《やしろ》の扉《とびら》の張《は》り紙には、こう書かれていた。
出雲《いずも》出張《しゅっちょう》のため、
しばらく留守《るす》にします。
御用《ごよう》の方《かた》は代理《だいり》の者《もの》に
お申《もう》しつけください。
○○○○神
代理《だいり》が妖怪《ようかい》でいいのか？
ホホホ

あとがき

恐怖《きょうふ》のなぞが解《と》けるとき 3分後にゾッとするラスト『やっと会えたね』を手にとってくださって、ありがとうございます。

作者の福井蓮《ふくいれん》です。

今回のシリーズも無事に終了《しゅうりょう》することができました。シリーズを終了《しゅうりょう》するにあたり、みなさんに聞いてみたいことがあります。

みなさんが、いちばん怖《こわ》いと思った話は、どれでしょうか？

そしてその理由を、考えてみてほしいのです。

はっきり「○○が怖《こわ》い」と感じたり、「何となくそう思っただけで、理由なんてない」


いろいろな答えが出てくると思います。

できれば、友だちと自由に話し合って、さまざまな答えや考えを知ってみてください。

怪談《かいだん》だけでなく物語や言い伝えは、そのような自由な場所から生まれてきたものだと考えます。

みなさんの想像力《そうぞうりょく》で新しい世界が広がることを祈《いの》っています。

福井 蓮

著●福井 蓮（ふくい　れん）

東京都出身。小学生の時、学校の七不思議のうち、4つを体験したことがある。

それ以来、心霊現象、怪談、オカルトなど不可思議な現象を探求し続ける。

特技：タロット占い。2012年深川てのひら怪談コンテスト　佳作受賞。

著書に「意味がわかるとゾッとする話　3分後の恐怖2期」「ほんとうにあった！ ミステリースポット」「いにしえの言葉に学ぶ　きみを変える古典の名言」（汐文社）などがある。

挿絵・イラスト●下田 麻美（しもだ　あさみ）
中央美術学園卒業後、フリーのイラストレーターとして活動。
最近では別名義シモダアサミとして漫画の執筆活動も行っている。
主な作品に『中学性日記』（双葉社）、『あしながおねえさん』（芳文社）などがある。

装丁イラスト●熊谷 ユカ（くまがい　ゆか）

恐怖のなぞが解けるとき
3分後にゾッとするラスト
やっと会えたね

2024年２月　初版第１刷発行

著　　者	福井　蓮
発 行 者	三谷　光
発 行 所	株式会社　汐文社
	東京都千代田区富士見１-６-１
	富士見ビル１階　〒102-0071
	電話03-6862-5200　FAX03-6862-5202
	https://www.choubunsha.com/
印　　刷	新星社西川印刷株式会社
製　　本	東京美術紙工協業組合

ISBN978-4-8113-3072-3　NDC387